句集
生地
SEICHI

川合憲子

文學の森

鑑賞十六句〈風韻帳より〉

長峰竹芳

包帯の指一本の暑さかな

怪我をした指。バンドエイドではなく、包帯とあれば傷は深そうである。その傷ついた指に思いを凝縮することで暑さが主観化され、熱が内側から滲み出てくる。一本の指に作者の存在が象徴され、印象鮮やかな句になった。

（平成二十三年「好日」十月号）

神杉は寂しき木なり初社

つくづく眺めると神杉の存在はさびしいのかもしれない。樹齢千年にもなろうという神の宿る古木。仰ぎ見るといささか孤独な感じもする。「寂しき」は作者のこちら側の思い。仰ぎ見た空間に、信仰を突き抜けた滲むような感懐があったのであろう。

（平成二十四年「好日」三月号）

住職と檀家総代蚊遣香

住職（寺）と檀那（檀家）、法施と財施の関係。檀家は寺にとっては大事なスポンサーであり、檀家総代といえば寺の経営にまで立ち入れる権力者でもある。その寺の住職と総代が話し込んでいるのは、差し当たっての寺の行事や修改築のことかもしれない。無駄のない名詞だけの構成で、情景の切り取り方が鮮やかだ。ぽつんと置かれたこの世の蚊遣香が、ひどく現実的である。

（平成二十四年「好日」九月号）

学校に明治の大樹厄日過ぐ

私の小学校のころは明治からが現代だった。今は明治維新から終戦までは近代に区分されるらしい。その近代に創設された小学校か旧制中学校であろう。楠とも思える古木で、明治の面影を止めている。「厄日」は立春から数えての「二百十日」。季語としてはいささか古めかしいが、危うさをまとった間合いは巧妙だ。

（平成二十四年「好日」十一月号）

やはらかき朽葉明治の遺構井戸

一連の作品から推測すると、横浜フランス山の古井戸らしい。今でも水を汲めそうな暗黒の空洞が見える。鎌倉にも古井があるが、横浜の井戸は保存整備され、遺構という認識になる。遺構と朽葉との硬軟の取り合わせがいい。

（平成二十五年「好日」二月号）

夏椿仏間に風のよく入り

夏椿、沙羅の花。沙羅双樹とは別。白色五弁の清楚な花だが、愛でる間もなく散ってしまう。この句、そうした儚さをまとった庭の夏椿と仏間の二元的構図で、無駄な措辞のないオーソドックスな作品。夏椿と仏間の媒体として通りぬけてゆく涼しげな風の筋が見えるようだ。

（平成二十五年「好日」九月号）

赤松に九月の雨のつのりけり

暦の上では八月初めが立秋だが、秋を実感するのは九月。今年も台風一過の彼岸頃になってようやく秋の気配になった。肩の力を抜いた平明な作品で、「赤松」「九月」「雨」のバランスがいい。絵のような静かな秋だ。

（平成二十五年「好日」十一月号）

煮凝や夜風の奥に朝の音

微妙な把握である。夜風の音に朝を感じるのも心理的な受けとめ方だ。寒天で固めた加工煮凝ではなく、挟めば崩れるような液体と固体の中間に位置する自然の煮凝。形而下と形而上の印象が交錯する感触が柔らかい。

（平成二十六年「好日」三月号）

ちよつと待てちよつと待てよと四十雀

夏に分類されているが、日本全国で繁殖する留鳥。「ツツピーツツピー」と楽しそうに鳴くが、作者の耳には「ちよつと待て」と聞こえたのであろう。人生観のようにも小綬鶏を揶揄しているようにも読めるレトリック。自然に融け込んだゆったりした気分の俳諧。

（平成二十六年「好日」七月号）

突 堤 に 立 つ 新 涼 の 中 に 立 つ

波除けのための突堤がある。無断で場所を拝借して釣竿を伸ばす姿も、小さな港の風景である。人間の体には海と同じ成分が流れているという。

海への憧れは母体への本能的な郷愁に違いない。この句、「立つ」のリフレインがいい。海からの風をからだ全体で受け止めている涼しげな姿が印象的。

（平成二十六年「好日」十月号）

夕映えの海ある暮らし木守柿

穏やかな風景が見え、読み手を和ませる。四方を海に囲まれているわが国だが、実際には海を見ない日常の方が多い。夕映えという一日を締めくくる光景に照り合う木守柿が印象的。自然と人間が調和した透明感に魅力がある。

（平成二十七年「好日」一月号）

弁天の足裏見せたる小春かな

江の島の裸弁天と決めてかからなければ面白くない。鎌倉の国宝館にも裸弁天が鎮座しているが、横座りで薄い衣を着せられ、まことに味気ない。

一方、江島神社奉安殿の妙音弁財天は惜しげもない全裸姿だから人気がある。ただし、琵琶を抱えた半跏像で、ある部分は岩でうまく隠され拝観できない。その裸弁天の足裏が見えたという。弁財天側から言えば見せてくれたのである。この辺の観察に言葉の遊びがあり、明るい島周辺の風景も見える楽しい句になった。

（平成二十七年「好日」二月号）

青饅や海に夕日の沈むころ

青饅。季節感溢れる春の食べ物である。家庭料理のようにも旅先の膳のようにも読めるが、風景の切り取り方が鮮やかで、鮮明な色彩感のある三次元を拡げた。「夕日の沈むころ」という幅のある時間設定にも、滲むような味わいがある。一日が暮れる安堵感と刻々と時が移るという寂寥感が融け合って、ふくらみのある光景が浮かび上がってくる。

（平成二十七年「好日」五月号）

夕蟬や何にもなくてただダム湖

堰堤で谷川の水をせき止めたダム湖。田畑、家屋、学校、役場など人々の暮らしを容赦なく沈めて作った大きな多目的貯水池である。その周辺に集落を持つ自然の湖とは異質で、風景に調和する人間の息づきがない。結局、主観的印象として「何にもない」のである。中七下五に破壊された自然への詠嘆があり、日の暮れの蟬声がひと際憐れを誘う。

(平成二十七年「好日」十月号)

実直な男のやうに九月来る

意表を突いた比喩だ。九月になると猛暑が遠のき、にわかに秋の気配がただよう。とくに今年はそうで、厳しい残暑はなく、集中豪雨という異常気象まで到来した。「実直な男」というのは個人的な見立てだが、モデルがいたのかどうか。実直と九月。比喩は抽象で想像が広がる。

(平成二十七年「好日」十一月号)

深秋の生地に風を聞く日かな

故郷でなく、自分が生まれた「生地」であるというこだわりに作者の心情がある。歳月は山河を残して人間の痕跡をすこしずつ削り取ってゆく。「生地」という認識は通常の感情を越えた奥深いところに生まれている。心に沁みる句だ。

（平成二十八年「好日」一月号）

句集　生地＊目次

木更津港写真
カバー　川合憲治
章扉　川合慶吾
装丁　笠井亞子

句集

生地

せいち

——亡き父に捧ぐ——

冬山河

平成二十三年

裏山の神話の塔の日永かな

紫木蓮おとなの色と思ひけり

旅空をとんび高舞ふ端午かな

はつ夏のピアノの上の男の手

取り得なき通ひ路なれど緑さす

雨の日のてのひら寂し葛桜

蜥蜴出づ寺に野暮用ありにけり

葉ざくらの堂裏梯子竹箒

花うつぎ伊賀も武蔵も雨といふ

青梅雨を聞きゐる伊勢の如来かな

梅雨冷の芭蕉生家のかまど口

雨聞いてゐるらし伊賀の蝸牛

護国寺の音羽の森の茂りかな

百人で食ふなだ万の夏料理

生ぬるき米のとぎ汁日雷

階上に夫と子の居る夏の月

白南風やはるけき橋を人の行く

本堂へつきあたりたる夜店かな

跡取りも次も独り身青芒

めんかぶり揃ひの団扇貰ひけり

包帯の指一本の暑さかな

浄閑寺の塀の高さや油照

女手のひとりせはしき盆支度

川からの風に棚経終はりたる

教室の窓開いてゐる厄日かな

三姉妹揃ふ昼あり鳳仙花

ざわざわと二百十日の土踏まず
秋蟬のそのまま雨となりにけり

耳遠くなりたる父に小鳥来る

みすずかる信濃あづみ野赤のまま

秋水の音木の橋をくぐりけり

大木も石も神なり秋うらら

ゆきずりの参道深き里祭

白萩の夕べとなりぬすまし汁

秋深む野州みやげのたまり漬

行く秋の風の触れゆく旅かばん

向かう岸もよき音たてて落葉掃

子育てはほんの一瞬冬の鵙

友だちのやうに夫ゐる冬ともし

さみしくて鳴く鳥もあり冬山河

菩提寺

平成二十四年

神杉は寂しき木なり初社

図書館の窓辺に座る五日かな

冬ともしをとこが笑ふときの眉

もろもろの影くつきりと寒の入

寒菊の黄のひといろに匂ひけり

霜枯の吹かれて動くもののなし

靴先に風のひかりの二月かな

立春先勝狛犬に日が当たり

胸像の右肩下がり冴返る

御霊前と書いて余寒の雨の音

行くほどに海の広がる木の芽かな

浅春をまたいでゐたる歩道橋

こぶしほどの春筍のおもさかな

春寒の江戸前雑魚のひと煮立ち

地虫出て般若心経聞くばかり

やはらかき水音四月の明治村

ご城下の笛の音高し花の昼

旅果ての濃尾平野の日永かな

おむすびの中の梅干春惜しむ

ささがきの牛蒡暮春の灰汁の色

水音の先へ常磐木落葉かな

肩先の濡るるる雨なり著莪の花

緑さす部屋に留袖吊しけり

次男結婚　平成二十四年五月十二日

とこしへに道《みち》生《お》香《かおり》よ花水木

メトロ出て銀座界隈ついりかな

デザートのうすきカステラ走り梅雨

いかづちの伊香保の山となりにけり
夏暁の夫の寝息を聞きゐたる

住職と檀家総代蚊遣香

菩提寺の静かなる蚊に喰はれけり

青春の思ひ出もこの草いきれ

炎天を来て学校の「自主自律」

厨から始まる暮らし日日草

八月の日の辻あらき風の道

新涼や港に古りし常夜燈

国旗校旗揺らして二百十日かな

学校に明治の大樹厄日過ぐ

新涼や黄枯茶飯の酒加減

しなやかな風の来てゐる虫の闇

図書館に聞く秋蟬となりにけり

草の実の飛ばむと力抜きにけり

次男来て二度の乾杯秋うらら

身に入みて抜魂式の清め塩

さはやかに抜魂済めばただの石

末枯の川より吟行始まりぬ

椿の実拾ふ猫《ね》実《こ》三丁目

トルソーの肩を見てゐる寒さかな

市役所の十一月の男松

港への風音となり枯れゆけり

船笛や開港の道の落葉踏み

やはらかき朽葉明治の遺構井戸

風寒し色あせてゐる霧笛橋

開眼供養墓山の冬柏

新しき墓石にあまねき冬日射

冬日和卒寿の父より手を合はす

短日の墓山影を重ね合ふ

仏間

平成二十五年

元日の川それらしくゆつたりと

一月二日　毎年我が家に集う

うちの嫁と紹介をして新年会

父囲み十八人の初写真

小寒の句会始めを総武線

寒林に青春の日の道のあり

早口の桐島洋子春の鳥

春浅し病室にある機械音

道祖神てふ浅春の石三つ

春昼の魚臭の濡れてゐる市場

草萌や古き郷土の鳥瞰図

花粉飛ぶ日や復興のコンサート

お二階へ急な階段古雛

筑波嶺のくつきり見ゆる雛祭

鳥帰る上総に低き山連ね

足首に触るるスカート夕永し
お納戸にまだあるつづらのどかなり

風は波に紛れて永き日なりけり

惜春の草に触れたる水の色

若葉光うまるるものは声を上げ

三たび来て三河の国の麦の秋

緑さす岡崎さまの船着場

水神の祠の傾ぐ迎へ梅雨

味噌蔵見学押板の黴臭し

来し方は瑠璃色上総の夏薊

夏椿仏間に風のよく入り

海風の夕風となる祭かな

幽霊画たくさんあればほほゑまし
蒸し蒸しとやさしきものに京ことば

下鴨のさるや申餅木下闇

きよろきよろと夏の盛りを先斗町

ねねの道まで汗かいて来たりけり

昼寝せむわが心音をいとほしみ

初めての吉備ゆき仕度厄日前

秋風や名ある山なく磐祀る

赤松に九月の雨のつのりけり

白猫の居る秋風の神の庭

吉とせむ釜鳴り響く水の秋

秋雨の音の中なる備前壺

夕暮はひとの声する椿の実

波音のときに風音新松子

山号と院号寺号草の花

うぶすなにしばしの夕日穴まどひ

女声かたまり行けば黄落す

露けさの帰る家ある灯かな

病人とひとつ灯に居る夜寒なる

立冬の赤き測量表示かな

白鳩三羽冬麗の源氏池

落葉掃く音息継ぎのごときかな

返り花岐れ道とは回り道

風音の日数の中の冬桜

冬の鵙鳴いて墓山醒ましけり

雄ごころのやうに一本冬わらび

夕映え

平成二十六年

おめでたの電話や卓の冬椿

肩越しに仰ぐ青空初社

参道は長きがよろし実千両

待たされて枯木の色を見るばかり

裸木となりて触れ合ふ梢かな

煮凝や夜風の奥に朝の音

ますらをのごとき冬木を愛しけり

病歴を何度も書いて冬終はる

木更津の海風冬の名残かな

雪折れの椿のことが一大事

速達が着いたり猫の子が来たり
日本橋蛎殻町の日永かな

ごちやごちやと甘酒横丁春の猫

仮宮に安産祈る沈丁花

豆腐屋の二階小座敷古雛

祝膳の豆腐田楽串太し

火葬場の開き過ぎたるチューリップ

種物屋二軒寂れし田面《たも》通り

くるぶしに心地よき風地虫出づ

波音や砲台跡の夕ざくら

松の花年月遠く傾ぎたる

地虫出ていやな男に出会ひけり

日々淡く住む川べりの残花かな

永き日の泥亀川を泳ぎけり

谷いくつ鎌倉殿の余花曇

夏怒濤腰越状の版木より

薫風を来て色あせし獅子頭

葉桜の葉擦れの音の重かりし

緑蔭をさつきの禰宜がまた通る

ちよつと待てちよつと待てよと四十雀

野いばらの路地をつらぬく川の音

永福寺跡実桜の風騒ぐ

葉桜と遠き波音暮れてあり

シーフードカレーを完食夏はじめ

花いばら大学のこと恋のこと

水無月の旅人となる加賀の国

風音を加賀に聞きゐる麦の秋

那谷寺のやぶ蚊につきまとはれてをり

神々はおはすや夏霞

わだつみへ茅花流しの吹くばかり

舟虫の動かぬ刻や忘れ潮

教会の潮錆の鐘風涼し

夏の雲戦跡壕の由来書

後れ毛の吹かれて遠き青岬

青梅雨の夜のお台場観覧車

食べ物の広告ばかり梅雨の明け

青柿の退屈さうに落ちる音

涼しさや江戸の古地図の送水路

病室の開かずの窓や雲の峰

病人と見てゐる山の茂りかな

初孫　遥誕生　平成二十六年八月三日

万緑の風を握りて生まれけり

父親となりし顔ある晩夏かな

流れ藻の乾ききつたる夏の果

突堤に立つ新涼の中に立つ

人声のいつしか遠し盆の海

蓮の実の飛んで何だか物足らず

風吹いて吹いて秋草らしくなる

うす暗き二百十日の資料室

思ひ出の人は横顔秋海棠

厄日過ぐ家族の好きな炒り卵

彼岸花学校裏に暮れ残る

椿の実割れて耐震工事中

秋風や昭和の色の野田の町

鳥渡るべんがら色の屋敷塀

鰯雲いつかわたしも忘れられ
それぞれに行く先のあり鵙日和

草もみぢこの道行けば天守跡

水のこゑ地のこゑ桜紅葉かな

夕映えの海ある暮らし木守柿

らくがんのさらりと甘き夜寒かな

白波の寂びゆく島の野紺菊
朽舟に降る雨音も鴨のころ

深秋の名もなく残る相聞歌

暮早し足場をはづす金具音

木の葉髪鏡の中を風吹いて

甘党の植木職人藪柑子

保険屋と鳶職の来て十二月

弁天の足裏見せたる小春かな

骨離れ良き煮魚や冬ぬくし

冬ざれやふたつの耳で街を行く

生地

平成二十七年

遥かより届く波音初御空

二階からゆつくり降りて年新た

冬柏月日流るる風の音
白妙のはんぺんを焼く冬の暮

旧道は眠る山へと続きけり

泊船のゆるむともづな冬の蝿

寒暮光遠き人語となりゐたる

寒波来るあまたの野菜せん切りに

待春の風とどこほる舟溜り

湾港は水脈を集めて春隣

春浅し武蔵野線の雑木林

生干しの鰺の目濁る二月かな

春寒の港に古き鉄工所

子規庵のガラス戸越しの遅春かな

あたたかし子規の畳に寝ころべば
早春の雨上がりけり胡麻豆腐

うららかや飴の中から子規の顔

人に会ふことまた楽し桜餅

あんかけの絹ごし掬ふ木の芽時

浅春の根岸二丁目寄席囃子

青饅や海に夕日の沈むころ

さみしさに人の寄り合ふ桜かな

タクシーを拾ふといふも長閑なり

新調のスコップ軽しフリージア

茎立と送電線に風吹いて
ほろびゆく鼻濁音なり春の雲

真榊を山ほど立てて春祭

色白の春の祭の男かな

若葉冷して山門の天邪鬼

減塩の食事に慣れて花大根

三寸あやめ茅葺きの杉本寺

老鶯や一願水掛不動尊

麦の秋ガウチョパンツで旅にあり

塔あれば誰も仰ぎて鴨足草

揚雲雀みんなで仰ぐいらご岬

涼しさの遠き波音杜国の地

昼顔の砂踏んで行く渚まで

一景に島山見ゆる夏怒濤

ごま鯖と答ふる島の女かな

島道は急な石段アロエ咲く

海鳥の胸夏色に遠汽笛

噴水の中途半端な音であり

昼顔の退屈な色海遠く

クルス古り青水無月の雲遠し

またの名はメリケン波止場夏の蝶

帰らざる日々は水色貝風鈴

あをあをと風下りてくる蟬しぐれ

ただ駆ける祭の神の馬として

風吹いたり吹かなかつたり軒風鈴

夕蟬や何にもなくてただダム湖

貝殻を瓶に詰め込む晩夏光

実直な男のやうに九月来る

二人していい年重ね秋なすび

胸像の胸のよごれや厄日過ぎ

ワ行のゐ朴念仁のゐのこづち

水澄んで澄んで残りし防空壕

父の耳遠し遠しと秋風鈴

藤の実や年寄りばかり通り過ぎ

走り根は心細しや昼の虫

水際といふ秋風の寄るところ

秋雨に濡れ三越の紙袋

不許葷酒入山門や小鳥来る

父他界　平成二十七年十月二十日　享年九十二歳

秋夕日別れと愛の色ならむ

もう顔が見えない釣瓶落しかな

たましひのうすむらさきに秋深む

秋草の夕べはひとを恋すべし

いつの間に人暮れてゐる芒原
秋さびの音となりゆく父の声

深秋の生地に風を聞く日かな

庭掃いて十一月の来てゐたり

本流へ急ぐ水音冬隣

墓山の風ひびき合ふ落葉かな

きつぱりと落葉降る降る七七忌

冬の芽や墓前のわれら孫ひ孫

落葉踏み納骨の山父母の山

忌明《いみあ》けや白く伸びたる冬の爪

故山

平成二十八年

新しきほとけを加へ初ともし
一月のよき音としてわが足音

帰宅せし夫の音なり寒の入

小寒の人ばらばらに歩きけり

冬ざれや墓地に施錠の音ひびき

むかしから西に海あり寒落暉

赤といふ寂しさ風の寒椿

三寒の夫四温の息子かな

相続のあまたの用紙冬灯

こつこつと足音寒し法務局

寒明けのふだん通りの夫婦箸

枝宮の幣新しく春立てり

墓石を撫で立春の一事とす

思ひ出はときをり優し花菜漬

下萌や化石は青き音を出し

蕗味噌や故山はあれど父母はなし

継母にも同じ夕闇梅の花

ぢぢばばと呼ばれに行くや雛あられ

春風や駅西口の潮位表

礼服のまま暮れゆけり沈丁花

こゆるぎの亀石の亀鳴くときも

椅子空いてをりゆらゆらと蝶の昼

日当たつてゐる父子草母子草

日めくりに麗老とあり桜草

墓山のあたり離れぬ春の雲

人並みに生き春陰の家にをり

別れ来し人の面輪や初ざくら

古草も葦の芽ぐみも川の辺に

父を偲ぶ

昭和六十一年〜平成二十年

残り花再婚の父訪ねけり

『海光』昭和六十一年

父よりの電話短し秋の雨

『海光』昭和六十一年

小春日の父の背に似る上総山
『海光』昭和六十二年

ふり向けば父まだ居りぬ青田道
『海光』昭和六十三年

父の来てすぐ戻りけり寒の雨

『海光』平成三年

父訪へば日の当たりゐる白障子

『椿屋敷』平成四年

爽やかに手ぶらで父を訪ねけり

『椿屋敷』平成五年

人ごみに紛れず父の夏帽子

『椿屋敷』平成六年

父の来て彼岸太郎の雨上る

『椿屋敷』平成七年

父と継母母に供へし富有柿

『椿屋敷』平成十年

初旅とせむ父の顔見に行くを

『椿屋敷』平成十一年

滝音の中にて父の声若し

『椿屋敷』平成十一年

父の来て妹の来て鵙日和

『椿屋敷』平成十二年

冬瓜のごろごろごろ父のごろ寝かな

『椿屋敷』平成十三年

父を見に海を見に行く恵方かな

『椿屋敷』平成十四年

病む父の手の平白し涼新た

『椿屋敷』平成十四年

退院の父の笑顔や小鳥来る
『椿屋敷』平成十四年

病み明けの父も声出し盆用意
『椿屋敷』平成十四年

行く春や父も杖持つ身となりて

『椿屋敷』平成十五年

緑さす庭に継母と父のゐて

『椿屋敷』平成十五年

訪へば庭に父見え暖かし

『風のおと』平成十六年

愛の羽根つけて老父の来たりけり

『風のおと』平成十六年

集まりし真中に父の炬燵かな

『風のおと』平成十六年

つくづくと見て梅雨寒の父の顔

『風のおと』平成十七年

甘党の相も変はらず生身魂

『風のおと』平成十七年

春はあけぼの父の顔見に行かむ

『風のおと』平成十八年

父に盆栽我に深紅の椿あり

『風のおと』平成十八年

福引きや父に自転車大当たり

『風のおと』平成二十年

句集　生地　畢

あとがき

句集『生地』は、『海光』『椿屋敷』『風のおと』につづく私の第四句集になります。平成二十三年春から平成二十八年春までの五年間の三三二句と、今までの句集の中から父を偲ぶ句を加え三六〇句を収めました。

長峰竹芳主宰には、お忙しい中、御選句を頂き厚く御礼申し上げます。また、前句集と同じく好日誌の〈風韻帳〉より、主宰の鑑賞十六句を巻頭に飾らせて頂きました。

この五年間は、私にとって初孫の誕生、そして父の死という大きな出来事がありました。二十代後半で母を亡くし、それから四十年あまり父は元気で私たち家族の中心にいました。実直で優しく家族を大切にしてくれました。

僅か三週間ほどの入院で家族に看取られながら静かに旅立って行った父に、この句集を捧げます。

私はこの地に生を受け、育てられ、今年古稀を迎えました。今までに出会うことの出来た人たちに感謝し、今あることを幸せに思います。

最後になりましたが、第二、三句集に続きお世話になりました「文學の森」の皆様に厚く御礼申し上げます。

川合憲子

平成二十八年六月

著者略歴

川合憲子（かわい・のりこ）

昭和22年５月６日　千葉県木更津市に生まれる
昭和60年　「好日」入会
平成２年　青雲賞受賞、晴陰集同人
平成４年　句集『海光』上梓
平成10年　好日賞受賞、白雲集同人
平成16年　白雲賞受賞、句集『椿屋敷』上梓
平成23年　句集『風のおと』上梓
現　　在　「好日」編集長
俳人協会千葉県支部幹事
千葉県俳句作家協会副理事長

現 住 所　〒292-0044　千葉県木更津市太田3-4-17
電話・FAX　0438-22-2539

句集　生地《せいち》

平成二十八年九月二十八日　発行
著　者　川合憲子
発行者　大山基利
発行所　株式会社　文學の森
〒一六九-〇〇七五
東京都新宿区高田馬場二-一-二　田島ビル八階
tel 03-5292-9188　fax 03-5292-9199
e-mail mori@bungak.com
ホームページ　http://www.bungak.com
印刷・製本　潮　貞男

ISBN978-4-86438-563-3　C0092